Des monstres!

Des monstres!

Diane Namm

Illustrations de Maxie Chambliss

Texte français de Dominique Chichera

Éditions
SCHOLASTIC

Catalogage avant publication de Bibliothèque et Archives Canada

Namm, Diane

Des monstres! / Diane Namm; illustrations de Maxie Chambliss;
texte français de Dominique Chichera.

(Je veux lire)
Traduction de : Monsters!
Public cible : Pour les 3-6 ans.
ISBN 0-439-94200-4

I. Chambliss, Maxie II. Chichera, Dominique III. Titre.
IV. Collection : Je veux lire (Toronto, Ont.)

PZ23.N37De 2006   j813'.54   C2006-902966-0

Édition publiée par les Éditions Scholastic, 604, rue King Ouest, Toronto (Ontario) M5V 1E1.

5 4 3 2 1   Imprimé au Canada   06 07 08 09

Note à l'intention des parents et des enseignants

Dès que l'enfant sait reconnaître les 25 mots utilisés
pour raconter cette histoire, il peut lire le livre en entier.
Ces 25 mots apparaissent tout au long de l'histoire pour que
les jeunes lecteurs puissent facilement les retrouver
et comprendre leur signification.

à	ferme	neuf	six
cinq	huit	ont	sont
derrière	ils	où	trois
deux	la	porte	un
disparu	monstre	quatre	vite
dix	monstres	sept	voilà
fenêtre			

Un monstre,

deux monstres,

trois monstres,

quatre monstres!

Où sont-ils? À la fenêtre!

Où sont-ils? Derrière la porte!

Cinq monstres,

six monstres,

sept monstres!

Trois à la fenêtre!

Quatre derrière la porte!

Huit monstres,

neuf monstres,

dix monstres!

Vite, ferme la fenêtre!

Vite, ferme la porte!
Voilà! Ils ont disparu!

Je veux lire

Des monstres!

Il faut ranger

Je choisis un ami

Je sais lire

Je suis le roi!

Je suis malade

Je suis une princesse

Le nouveau bébé

Ma citrouille

Ma nouvelle ville

Mes camions

Mon gâteau d'anniversaire